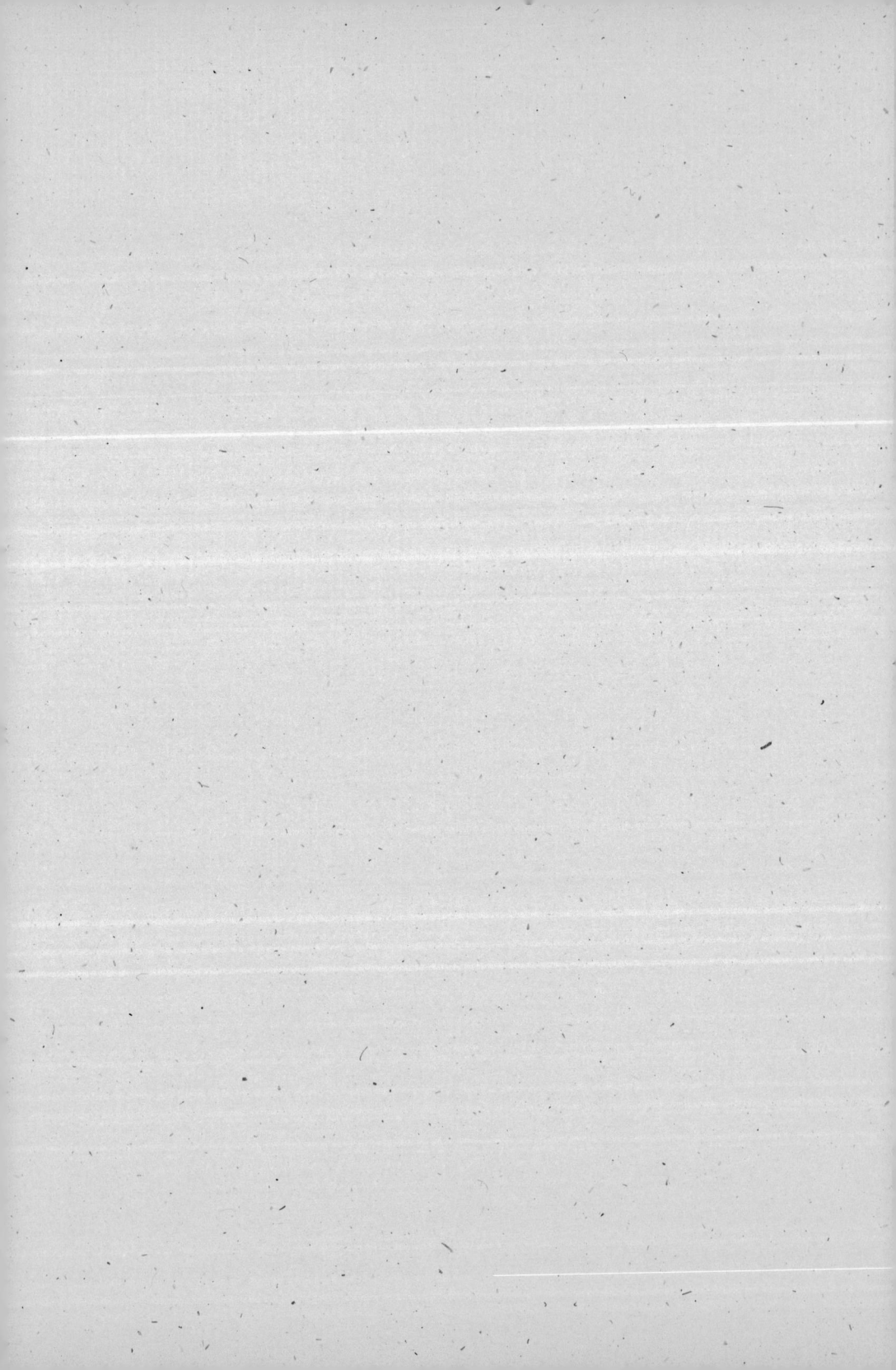

蒲公英

徐峰 著

时代出版传媒股份有限公司
安徽文艺出版社

图书在版编目（CIP）数据

蒲公英 / 徐峰著. -- 合肥 ： 安徽文艺出版社，
2025. 1. -- ISBN 978-7-5396-8224-2

Ⅰ. I227

中国国家版本馆 CIP 数据核字第 202480LJ24 号

蒲公英

PUGONGYINIG

出 版 人：姚　巍
责任编辑：李　芳　　卢嘉洋　　　　封面设计：李　超
....
出版发行：安徽文艺出版社　　www.awpub.com
地　　址：合肥市翡翠路 1118 号　　邮政编码：230071
营 销 部：(0551)63533889
印　　制：永清县晔盛亚胶印有限公司　　(0316)6658662
....
开本：700×1000　1/16　印张：12　字数：135 千字
版次：2025 年 1 月第 1 版
印次：2025 年 1 月第 1 次印刷
定价：69.50 元
....

目录

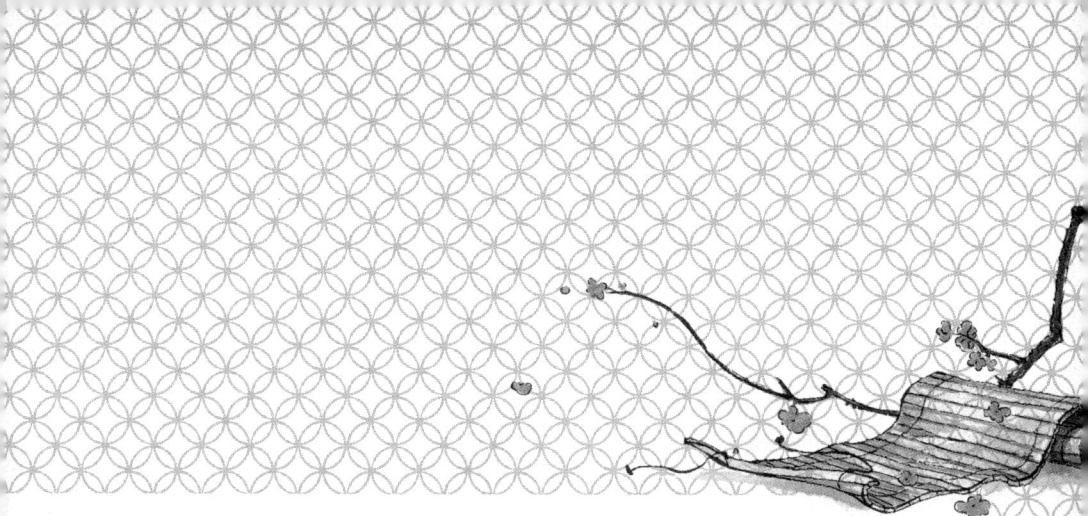

6

一、咏物篇

◆ 蓬 雀

人们艳羡鲲鹏展翅九天，
人们赞美鸿鹄志向高远。
我们是不愿当元帅，
也无须当士兵的蓬间之雀，
自觅自食于蓬草之间，
自由自在地生活与繁衍。

我们没有婉转动听的歌声，
也没有斑斓绚丽的羽毛可供赏观，
更未曾想过要飞得更高更远。
虽然渺小卑微，
但不失尊严，
也期盼着和人类共生共安。

我们曾经面对铺天盖地的灾难，
无助的我们失去了多少无辜的同伴。
熬过了白天，
熬过了黑夜，
终于回到了一如从前的大自然。
白天还是白天，
黑夜还是黑夜，

我们的生活又是一片阳光灿烂。

我们的世界没有机心，

没有战争，

没有诈骗。

我们更能够适应自然界的恶劣条件，

哪怕山崩地裂，

哪怕洪水泛滥。

最让我们心惊肉跳的是自然环境的污染。

在春风化雨的季节，

我们辛勤地觅食、筑巢。

温暖的巢窝，

使我们度过冰冻三尺的严寒。

在雷鸣电闪的暴风雨中，

我们在蓬巢中处境安然。

在战火之后的残垣败井旁边，

我们享受着明媚的春天。

我们是世界上最微不足道的鸟雀，

和我们一样的生灵地球上还有万万千千。

自古迄今，

我们都是平凡的那一边。

世界不缺少伟大，

世界上更多的还是平凡。
平凡孕育着伟大，
哪个伟大不存在着平凡？
当世界上失去了平凡，
世界还能够走多远？
世界不停地发生着翻天覆地的变化，
平凡伴随着变化的世界伸向久远。

（一九九八年十一月作）

咏梅（三首）

（一）

洒洒扬扬三尺深，
孤根怒放见精神。
蕊寒枝冷幽香远，
万里冰天一树春。

（二○○一年十二月十六日作）

（二）

根于坚土有铜干，
花傲寒冰犹玉人。
疏影暗香明月下，
梦魂蹀躞报春温。

（二○○三年一月十日作）

（三）

未着铅华本色真，
冰肌玉骨不同尘。
香清粉淡断无蝶，
姿瘦影疏尤可人。

正是芳华多绮梦，

不争烂漫报新春。

孤零一世驿桥畔，

尚奉脆丸堪煮论①。

（二○一四年十二月作）

---

① 脆丸指青梅。宋周邦彦咏梅词《花犯·粉墙低》中有"脆丸荐酒"。这一句指三国时期曹操、刘备青梅煮酒论英雄事。

● 咏　猫

踞卧凝蹲如虎势，
聪灵乖巧逗人怜。
精幽神秘九重命，
化鼠为朋堪笑传。

（二〇〇五年五月三日作）

◆ 咏 菊

连日西风得盛放，
白黄红紫各娇艳。
脂凝蜡染真如塑，
玉瘦雪清不畏寒。
蕊处开时观貌美，
花于落后入茗鲜。
一时之秀梅兰菊，
花木本心原自然。

（二〇〇五年十一月十三日作）

◆ 早 雪

宇宙茫茫天地暗，
庐州十月雪封城。
犹抛乱絮倾天下，
却见琼花遍树生。
心念鸟饥何以食，
更惊木折屡传声。
衾温被暖梦深处，
一簇寒梅点点红。

（二〇〇九年十一月作）

◆ 蒲公英

未看路陌便为家，
不负东风信有花。
万里随风岂自持？
飘扬一梦到天涯。

（二〇一〇年五月六日作）

读骆宾王、李商隐等咏蝉诗，学作此诗

炎炎烈日炎流急，
断续吟鸣昼夜声。
繁叶荫荫看世道，
高歌阵阵说亡兴。
风高露重心徒壮，
事易时非意未平。
志士幽人空怨嗟，
悠悠岁月道如凝。

（二〇一〇年十月二十六日作，二〇二〇年六月修改）

◆ 归马咏

万水千山路，
一逢双泪倾。
冰河关塞险，
风雨箭弩惊。
困苦时时在，
归心踽踽行。
道途终不迷，
是我照明灯。

（二〇一八年八月十一日作）

十二生肖咏（十二首）

（一）子（鼠）

目细嘴尖形猥琐，
毁衣坏物不胜嫌。
官仓颐养肥而大，
厕屋生存危且艰。
食黍食苗贪不足，
有皮有齿礼于前。
人间多善亦多恶，
世上害虫除不完。

（二）丑（牛）

盛年耕作恋田间，
负重如磐只向前。
烈日暑蒸力欲尽，
老翁犁浅意生怜。
春秋不复耕劳苦，
朝夕犹思奋起难。
羸羸残阳稼禾壮，
论功数汝最为先。

（三）寅（虎）

王于面额斑斓体，
双目眈眈魂魄惊。
呼啸一声慑众兽，
奔腾无障带飙风。
平阳不是称雄地，
峻岭宜安逞霸营。
若与谋皮堪笑止，
利牙叼崽亦温情。

（四）卯（兔）

毛雪耳长双目殷，
跳来蹦去逗人怜。
一从捣药寒宫内，
千载为奴桂树边。
攒动健蹄奔疾疾，
逃离罘网得爰爰。
金笼宠养食青翠，
未若自由蒿草间。

（五）辰（龙）

华夏图腾皇帝身，
至尊至贵出凡尘。

14

隐形遁迹谁人见？
行雨翻云何处闻？
九子生来皆不肖，
一公所好亦非真。
元宵舞动端阳赛，
神物聚凝民族魂。

（六）巳（蛇）

身细体长称小龙，
斑斓微巨不同形。
农夫警示人醒悟，
典故褒扬珠夜明。
修得神仙不老术，
结成伉俪笃深情。
常遭捕杀失同伴，
草动风吹心胆惊。

（七）午（马）

竹批双耳霜蹄健，
八尺龙媒恣纵横。
《鲁颂》篇中看牡，
悲鸿笔下踏长风。
驯良善解英雄意，
顾视清高铁骨铮。

老骥尘中老尽力，
夕阳西下更伤情。

（八）未（羊）

跪乳感恩真义畜，
予人瑞兆喜洋洋。
性情弱弱角空利，
贡献多多毛做装。
既是下游污上水，
为何上帝不惩狼？
补牢之诚益于事，
还有殊途臧谷亡。

（九）申（猴）

石破天惊大圣出，
子孙灵性皆承传。
着衣为戏有模样，
无虎称王凭主观。
嬉耍高枝垂荡荡，
抚柔幼子意怜怜。
世间灵物无穷数，
唯汝和人近血缘。

（十）酉（鸡）

挺胸昂首势非凡，

五德一身红桂冠。

生蛋苦勤人受福，

司晨恪守日无闲。

书窗侃侃言如教，

风雨凄凄妇无眠。

毒螫毒虫皆美味，

相依相善几千年。

（十一）戌（狗）

忠志不移难二主，

常闻义举感人听。

胡天胡帝惹人爱，

吠影吠形令贼惊。

黄耳传书称有智，

哮天违命实缘甥。

与人相近相投合，

兔死最伤忠烈情。

（十二）亥（猪）

肥头大耳二师兄，

怠惰贪馋有特征。

拱地始知求食累，
入栅但觉供粮丰。
豕狼奔突羣群恶，
豚犬蔑轻讽景升。
呆笨生来落笑骂，
聪明岂乏误平生？

（二○二一年九月十日至二十二日作）

二、游览篇

◆ 春日情趣

微风细雨后，
万物焕然新。
鸟啭坡头树，
童惊陌上禽。
山林增秀色，
花草喜春温。
惆怅明朝事，
愿无风雨频。

（二〇〇二年四月十七日作）

游浙江天下玉苑

山色空蒙殿宇明，
雕梁画栋鬼神工。
佛尊座座玉身贵，
游客人人心意融。

（二○○二年六月二十五日作）

● 游柯岩

孤标耸立奇石秀,
睿逸庄严佛像高。
信女信男随意拜,
僧徒僧侣望云飘。
山林苍翠雨新过,
人意安闲物自娇。
自是庸人多碌碌,
浮生几日似今朝?

(二〇〇二年十月二十六日作)

登南京长江大桥作

万里东流水接天，
夕阳远照数重山。
一行征雁暮云上，
无尽高楼天地间。
人叹兴亡多浩劫，
我来登览乐游玩。
忽然平地狂风起，
卷起尘屑舞恣然。

（二○○四年十一月二十日作）

◆ 包公墓

墓在萧萧深树间，
西风落叶夕阳残。
一河浑水源难净，
尽日噪声魂岂安？
自有清名存后世，
但留正气镇邪贪。
合肥几处留遗迹，
忠骨廉风世代传。

（二〇〇四年十二月二日作）

游陶公祠

眼前风物似前朝，
落叶已无霜叶娇。
垂地夕阳犹灿烂，
遍山秋色尽妖娆。
霜花闲放千年俏，
大隐无言百代高。
坡下大衢通闹世，
已无捷径供逍遥。

（二〇〇七年十一月二十九日作）

● 晚春闲游有得

草色青青微雨润，
丝绦袅袅好风裁。
无边景色随天去，
一派生机入眼来。
天道循常人道变，
春花未尽夏花开。
风光流转寻佳处，
忙里偷闲亦快哉。

（二〇〇八年四月作）

游刘铭传故居

残壁犹存繁茂痕，
西风古树日沉沉。
英雄善主台湾政，
岁月难埋叱咤人。
宝岛至今是游子，
虢盘从此属人民。
斯人但垂汗青上，
故里青山伴野云。

（二〇〇八年十二月四日作）

● 春 日

纤纤细雨微风里，
皖水皖山如画中。
新叶生烟竞翡翠，
湿花含露醉蒙眬。
良辰难遇年年盼，
美景常新岁岁同。
风雨兼程风雨骤，
心花开处见春明。

（二○○九年四月十二日作）

乘高铁有感

昔乘铁列最难堪，
拥挤浊浑多噪喧。
有序无声今日爽，
舒心惬意旅途安。

（二〇一二年十月二十三日作）

◈ 包河春感

三月包河烟气凝，
春光雨后画难形。
熏风习习通河绿，
新柳垂垂两岸青。
随处芳英添秀色，
一番歌舞①见高情。
岸边游客来还去，
波面画舫停又行。
黄鸟枝头如演唱，
野凫水里似闲庭②。
一堤之隔犹方外，
侧耳犹闻市噪声。

（二〇二一年三月作）

---

① 玉带桥畔丝竹声声，歌舞阵阵。
② 包河水面上有许多野鸭自由自在地嬉游。

三、学史杂咏篇

◆ 读李清照《夏日绝句》诗，
有感于北宋灭亡（三首）

（一）

风鹏九万里，
巾帼一词宗。
最是伤心处，
江东事事空。

（二）

治国必强兵，
民贫社稷轻。
轻兵终有报，
苦北锁双龙。

（三）

去国三千里，
离家二十年。
徽钦魂若返，
终不识临安。

（二〇〇九年五月十二日作）

32

● 有感于隋文帝在朝堂夸耀"五子同母"

五子同母自夸耀，
临了可怜遭棒殴。
帝业几人施诡计，
江山二世碎金瓯。
四儿受戮虽常见，
举国沸腾终不休。
天假其私成一统，
遂教青史笑龙舟。

（二〇一〇年十二月二十二日作）

◆ 咏项羽

一代人豪千古名，
秦关百战世称雄。
鸿门宴散龙归海，
垓下曲终人化虹。
浩气今于时代里，
风流古在仕途中。
漫天歌舞繁华竞，
无是无非乐意融。

（二○一一年二月十四日作）

◆ 李广叹

将军百战未封侯，
白首横刀不受羞。
自古英雄遗恨多，
大江日夜向东流。

（二〇一三年二月九日作）

◆ 韩信叹

多多益善终难善，
成败萧何为汉谋。
攻战必成功震主，
逆从难免钺临头。
为王不报当年辱，
谋反岂迷云梦游？
自古几多怜悯泪，
彷徨马上觅封侯。

（二〇一三年三月二十八日作）

读书偶得（二首）

（一）

高祖逃身抛子狠，
太宗夺位弑兄残。
遂教千载汗青上，
犹见当时人不堪。

（二）

破万卷书诗律细，
熏双瞽目鬼神惊。
太阳底下无新事，
吾辈更应勤与宁。

（二〇一四年五月十三日作）

● 读《道德经》，有感于老子出关、作经

昏昏朝政不堪留，
遁世离周随意游。
万里祥云迎圣哲，
一篇《道德》照春秋。
睿思浸润列三教，
大道弘扬传五洲。
勤学但求能所得，
善心为事得夷瘳。

（二○一七年四月二十五日作）

有感于汉武帝天马事

神骏似非人世物，
君王欲壑庶民殃。
十年战骨埋他域，
一匹龙驹入帝乡。

（二〇一八年五月二十日作）

◆ 有疑于"满街都是圣人"

满街岂能尽圣人？
思之不解觉高深。
古今中外少之少，
凡圣从来壁垒分。

（二○二○年四月十七日作）

40

四、读书有得篇

◈ 厚德载物

厚今厚古爱吾华，
德智双馨报国家。
载道风光与汗水，
物情不负善人家。

（二○一二年五月十七日作）

◆ 天道酬勤

天网恢恢疏不漏，
道途漫漫远唯行。
酬仁惩恶在时到，
勤奋俭慈前路明。

（二〇一二年六月作，二〇二二年七月九日修改）

◆ 读《道德经》心得

长夏市声益噪喧，
读经消躁润心田。
世人熙攘无忧畏，
天地不仁常报还。
守静致虚妄作殆，
崇慈尚俭畏为先。
守柔见小悟常道，
挫锐解分法自然。
善利不争师是水，
长生久逝道通天。
归根复命身无恙，
塞兑闭门心自安。
天下清平归有道，
灵神沉静胜修禅。
无为无败慎终始，
是易是难在后先。
取实去华行事顺，
少私寡欲保人安。
功成事遂谋身退，
毁誉存亡一念间。

（二〇一二年十月作）

● 业精于勤

人生业绩因时有，
济世精神随处生。
不让于师慎终贵，
古来勤奋使人丰。

（二〇一二年十一月十一日作）

◆ 见贤思齐

刚方见惮亦君子，
温厚贤能称圣人。
吾辈思为有用才，
苦修齐具质与文。

（二〇一二年十一月十一日作）

● 家和万事兴

春去秋来岁月新，
昔年幼木渐成荫。
红颜莫付东流水，
家道唯凭忠厚心。
和善情怀积惠多，
万般乐事读书勤。
事无巨细依常理，
兴旺门庭自有因。

（二〇一二年十一月十七日作）

◆ 学如掘井

学如掘井为求水，
功到悬梁始涌泉。
心智渐开天地大，
眼前万里好河山。

（二〇一三年十二月二日作）

莫妄评

沉郁飘然李杜诗，
春兰霜菊异芳姿。
妄评高下见终浅，
并立峰头千载师。

（二〇一五年九月九日作）

闲居偶成

浩浩长天追梦云，
神州举目岁华新。
此身愧作白头人。

忧患元元思圣哲，
平居荡荡乐诗文。
人情最是醉中真。

（二○二○年三月十三日作）

50

● 欲 壑

人心虽向善，
私欲亦常存。
助虐长其大，
善人成恶人。

人生难满百，
欲壑噬人渊。
多少聪明士，
迷之祸不蠲。

孔仁孟义好，
社会大同高。
欲壑难填满，
万般功利消。

（二〇二一年三月十九日作）

◆ 有感于"尽信书，不如无书"

尽信书如不读书，
其中舛误信何如。
书夸瘦硬失颜楷，
鼓过珍奇亏孔儒。
学且思之求大道，
知能行矣看前途。
经书至理惠今古，
勤学自能蒙昧除。

（二○二一年五月二十九日作）

● 有感于"君子爱财，取之有道"

立身需利亦需名，
处世慎言宜慎行。
名利得来应有道，
言行笃实莫无情。

（二〇一七年一月十六日作）

● 有感于"人之初，性本善"

先圣言人性本善，
思之总觉有疑团。
坏人坏事遍今古，
变恶岂尽因后天？

善恶基因人皆有，
孰多孰少不相同。
红尘一入亲疏异，
愈变愈偏分墨红。

（二〇二一年十月十六日至十七日作）

有感于严复错译"物竞天择"（三首）

（一）

严公翻译《天演论》，
换柱偷梁藏己心。
谬点广传影响在，
引之为鉴利于今。

（二）

翻译应当信达雅，
几成准则尽遵循。
言行不一相差大，
心画心声总失真。

（三）

多读经书生睿智，
勤于思考辨危言。
仁心待事流芳远，
火眼金睛天地宽。

（二〇二一年十二月十一日作）

学有所思（六首）

（一）人心向善

人心向善非虚论，
恰似长江去不循。
站在高端看大势，
立于近处见微浑。

（二〇二一年十二月四日作）

（二）好为人师

好为人师人大患，
失于此皆小聪明。
嘴尖皮厚难成器，
君子讷言能敏行。

（二〇二一年十二月十九日作）

（三）"己所不欲，勿施于人"

己如不欲勿施人，
换位易窥情理真。
人类认真行此道，
干戈灾难剩三分。

56

此语易知兼近情，
放之四海皆光明。
恕论福惠两千载，
吾辈犹当思践行。

（二○二二年一月三日作）

（四）"获罪于天，无所祷也"

获罪于天无所祷，
雷池勿越莫伤天。
坚持底线人之本，
本固方能长茂繁。

多少逆天行事者，
机关算尽一时荣。
可怜天道人无奈，
荣也匆匆崩亦匆。

吾有初心在独善，
己之不欲不施人。
"四端"长恨学知晚，
蹈矩循规才是真。

（二○二二年一月十二日作）

（五）"君子和而不同，小人同而不和"
"君子矜而不争，群而不党"

君子胸怀坦荡荡，
光风霁月贯长虹。
渊渟岳峙比老柏，
命蹇运乖能守穷。

摩肩接踵看人海，
几只青蝇逐利来。
朋比为奸事罔极，
得名得利皆成灾。

人微亦解修身贵，
常读经书辨是非。
深恶小人微且燣，
仰追君子菊同梅。

（二〇二二年二月九日作）

（六）"职思其忧""好乐无荒"

霜菊雪梅留不住，
烈风疾雨恨还多。
人生知足乐温饱，
职业暇余方醉歌。

忙处斜阳落自去，
闲时明月与人和。
且将不变应万变，
四海喧腾人逐波。

（二〇二二年四月十一日作）

五、一时一事咏

乘飞机作

欲旅乘风去，
恬然动地起。
翱翔霄汉外，
端坐闲舱里。
云海成仙境，
山河形大地。
神闲伴心定，
小憩遂人意。
迢迢千里远，
转瞬即着地。

（二〇〇一年四月十日作）

初夏新雨初晴咏

潇潇细雨解人意，
净洗浊污寰宇清。
草木感知开笑靥，
人心滋润喜初晴。
红残自是春风去，
绿重只缘夏气迎。
玉宇何能长似此，
芸芸众庶得清平。

（二〇〇六年六月十日作）

◆ 春日感怀

寒光退尽东风软，
绿水溶溶细草鲜。
燕子呢喃温旧梦，
露花摇曳现新颜。
人忙事业花空放，
木报春晖叶自繁。
春去春回一岁岁，
花开花落总年年。

（二〇〇七年三月二十八日作）

◆ 元　日

朝阳杲杲肇端好，
淑气盈盈欢意融。
辞旧迎新争热烈，
千门万户紫烟中。

（二○○八年二月十日作）

◆ 初夏作

残红渐少春光尽，
新绿张扬夏气翻。
燕子有家捕食累，
黄莺向偶啭声甜。
人于权位为事易，
身入监牢回步难。
清自能清浊自浊，
人间正道佑人安。

（二〇〇八年五月二十七日作）

有感于乡民回家过年事

新年将至寒流急，
凛冽狂风铲地吹。
城市人家筹节事，
乡村老少盼亲回。
一年岁月辛劳去，
万里征途热望归。
万苦千难阻不住，
家乡人事梦中催。

（二○一一年一月二十五日作）

● 除夕作

一年又是忙中尽，
碌碌不知何有之。
人入红尘灵性去，
书求彦妙暮年迟。
孤灯常伴寒窗夜，
万户正忙除夕时。
忽闻惊天动地响，
硝烟弥漫避无辞。

（二〇一一年二月二日作）

庆祝清华大学建校一百周年

校训自强兼厚德，
群科众士德能殊。
每临国事当仁上，
更展鸿猷奋笔书。
万卷华文融古外，
千般勋业出门徒。
百年名实盈寰宇，
拭目明朝更火荼。

桃李无言蹊自长，
千功万烈述难详。
大师俊杰此渊薮，
专业学科之滥觞。
文理繁星长灿烂，
政经群哲铸辉煌。
从来学界争飞进，
百舸争流还领航。

（二〇一一年四月二十六日至二十八日作）

◆ 夏雨新晴咏

一抹残云新雨后，
满塘菡萏落霞中。
鸟鸣声脆蛙声响，
画笔拈来任淡浓。

（二○一一年六月十一日作）

所见有感

萧萧落叶满园积，
莺乱蝶忙春意迷。
草木芊绵新雨足，
春花凋谢落红稀。
人生但爱春光好，
梦醒难寻杜宇啼，
但见风来叶乱舞，
春光顿失恨依依。

（二〇一二年五月十六日作）

◆ 庐州暑日咏

七月庐州暑气翻，
无边闷热最难堪。
炎炎烈日天倾火，
滚滚热涛人"汗颜"。
飞鸟投林堪避热，
空调送冷更无炎。
如今物质生活好，
易过三伏与酷寒。

（二〇一二年七月二十二日作）

● 看画有感（二首）

（一）

万岭千山一望收，
白云出岫自悠悠。
平生壮志凌云气，
化作丹青笔底流。

（二）

层峦叠嶂上重霄，
茅屋数间临石桥。
此去红尘三百里，
一川风月任逍遥。

（二〇一二年十月七日作）

◆ 秋日（二首）

（一）

一帘疏雨送新凉，
火伞随收木叶黄。
万里云天今日好，
几多花果可人香。
水光山色秋原美，
萤焰蛩声午夜长。
忽忆少时童伴乐，
溶溶月色满南窗。

（二）

秋风秋雨送秋炎，
秋月弯弯秋露团。
霜叶依依恋故木，
长天昊昊落轻寒。
暮山归鸟暝中唱，
清水游鱼闲处看。
举目万家"偷菜"① 乐，
归鸿声里望长天。

（二〇一二年十月作）

---

① 此处的"偷菜"为一种网络游戏。

◆ 感时戏作

身在红尘俗事亲，
时看世事也舒心。
云间红杏易和露，
野畔青松难入林。
鸟占高枝鸣得意，
人行捷径有沾襟。
风花雪月几千载，
自古谁人真问津？

（二○一二年十二月十四日作）

["

所　思

我之所思在蓝天，
每闻爆竹心犹颤。
如今爆炸当量大，
浓烟滚滚动地天。
禁止燃放顺民意，
节日祥和黎庶欢。

我之所思在白云，
玉宇清澄气象新。
常恐资源暴殄尽，
更怜物品包装沉。
三分货物三分废，
高价买椟不由人。
盼有好规早日出，
保护资源利国民。

我之所思在青山，
岭红涧绿纷烂漫。
郁郁葱葱春色好，
风光无限留人间。
可怜高树凋零多，

千分万解化为烟。
禁止砍伐多植树，
山河又见绿盎然。

我之所思在绿水，
寻寻觅觅人憔悴。
涣涣溘洧多少梦，
临流见污空垂泪。
上下同心齐努力，
绿波荡漾出治绩。
江梅性洁争潇洒，
清流如练人亦醉。

我之所思空气清，
时有雾霾视蒙蒙。
举国治理力度大，
霾害虽有难再凶。
空气质量精神本，
神清气爽体亦轻。

蓝天白云共所思，
青山绿水梦中情。
保护环境节资源，
节能减排惠苍生。

河清海晏小康里，

吾辈言轻重力行。

（二〇一三年五月十四日至十五日作，二〇一九年六月二十四日修改）

● 喜客来

春风知我意，
吹送故人来。
鬓发看吾老，
心花向汝开。
欢言白日速，
送客市声衰。
情趣当时共，
廿年终不猜。

（二〇一四年二月十一日作）

◆ 故乡行

一别家乡又十年，
故园四望尽新颜。
小楼栋栋原茅屋，
大道平平向远天。
高树伶仃人迹少，
乱山落寞鸟声单。
茔前祭奠少时泪，
梦里依稀慈父颜。
共话别来多少事，
独寻逝去旧时年。
旧时人事伤凋敝，
现代农家喜富安。
网络互联天地大，
人心浮动世途宽。
农民四海寻工作，
薪水三年建别园。
种地补钱免税赋，
居家养老乐孤鳏。
新时代里间同喜，
好政策村户尽欢。
连日漫看变化巨，

一朝欲去别离难。

乡愁如缕难抚逝,

世事无常大变迁。

四十年前怀梦去,

今朝离后甚时还?

（二〇一四年四月二十一日至二十三日作）

◆ 梦回故乡，醒后作

梦醒怅怅夜阑珊，
遥望故乡天一端。
去日友朋情尚在，
别时宅院貌依然。
手栽幼木荫庭满，
心爱大花摇尾欢。
先父坟前荒草长，
老林冢侧古松繁。
后村小学老师美，
前院大爷孙子憨。
故土遥遥如壑隔，
市声阵阵透墙传。

（二〇一五年四月十六日作）

闻屠呦呦获二〇一五年
诺贝尔生理学或医学奖有感

默默耕耘岂有心？
一朝得奖自惊人。
寻常谁解科研苦？
今日人知诺奖真。
白首风流高格调，
青蒿香远大精神。
花团锦簇高峰上，
实至名归荣誉真。

（二〇一五年十二月二十一日作）

● 春日偶成

落叶满园莺乱啼，
眼前时节令人迷。
忽然一阵花香袭，
犹觉春风拂我衣。

（二〇一六年四月二十日作）

◆ 秋日偶成

人生坎坷谁能免？
世态炎凉古亦然。
但莫认真深计较，
书林深处乐桃源。

（二○一六年九月一日作）

◆ 见雨中飞鸟有感

天公发怒雨倾盆,
巽伯如狂木探身。
忽见一鹇如箭去,
心忧幼子念家门。

（二〇一七年八月十二日作）

● 中　秋

木叶焜黄秋节至，
金风送爽竹篱新。
良辰有酒正堪醉，
皎月怡人尤觉亲。

（二○一七年十月四日作）

◆ 看京剧《白蛇传》

峨眉一去即婵娟，
愿做鸳鸯不做仙。
风雨同舟人俏俏，
夫妻共枕意绵绵。
救夫盗草舍生死，
别子断肠悲地天。
小蟹无辜藏匿苦，
人间大道善为先。

（二〇一七年十一月十八日作）

酒醒后作（二首）

（一）

饮酒三时空悔晚，
平生自许惜分阴。
蘅门曾有读书志，
白发未移求学心。
人在红尘长利欲，
性蒙俗垢失天真。
每怀靡及成才路，
砥砺前行茹苦辛。

（二）

宴请流连酬众众，
网游忘返乐融融。
浮生多少无益事，
空教年华随水流。

（二〇一八年一月十日作）

◆ 有感于世俗养生

世俗尽知康而寿，
趋之若鹜掷之金。
养生难得做闲客，
处世但求行善心。
好乐无荒身得健，
笃行有度福相亲。
穷通舛蹇随由命，
长寿短生当有因。

（二〇一八年一月二十七日作）

除夕夜作

辞旧迎新夜，
读书过二更。
多年如一日，
独案对孤灯。
莫道欢娱少，
但求知识增。
寸阴轻不误，
佳节学无停。

（二〇一九年二月四日作）

◆ 春意渐浓（二首）

（一）

鹅黄嫩绿柳色新，
落梅堆雪渐成尘。
暗香犹忆旧时馨。

几度东风催物发，
一年新景促人勤。
风流多是出艰辛。

（二）

叶绿花红细细风，
廉纤丝雨更柔情。
莫教佳日等闲行。

才对浊杯吟秀句，
又持拙笔学黄庭。
风烟雨雪暗消凝。

（二〇二〇年三月十九日至二十日作）

赞京剧大师李维康、耿其昌（二首）

（一）

梅尚程荀遗韵在，
张君其后亦风流。
梨园代有才人出，
李派新声赞不休。

李派行腔情带声，
绕梁三日耳中盈。
清纯甜美流泉响，
激越悲凉拭泪听。

创新念白意非轻，
高手出言言有情。
王桂英能泪万目，
还称《戏凤》与《梅龙》。

（二）

一代宗师称李耿，
八年刻苦出群星。
创新有意继承厚，
立派无心风格明。
玉润珠圆听曲美，
妇随夫唱是天成。
初衷不改恒坚守，
名接梅张待后评。

（二〇二一年三月二十日至二十三日作）

病愈抒怀

人于天地间，
生病最忧烦。
心疾一朝至，
命魂单线悬。
神医施巧术，
支架稳装安。
三日得康复，
此身还似前。

当时病危重，
急救靠医生。
查血最当紧，
心图随后行。
血中看缺氧，
图里见危情。
圣手驱魔去，
遂教心脉通。

我住病危室，
时时监控严。
眼看护理累，

心暖治疗全。
呵护分微细,
诊询至病源。
心医多令德,
天使解愁颜。
为我尽辛苦,
老妻忙后前。
此番经历过,
感激难述完。

（二〇二一年四月八日至十日作）

● 有感于时下流行的"概念创新"

《易经》智慧多通变，
汤武盘铭在日新。
先圣哲思融是事，
俗尘欲壑促机心。
梦醒臆出心花放，
眼见赢来名利淫。
名实相符行正道，
伪言行事古今嗔。

（二〇二一年五月九日作）

◆ 看李维康、耿其昌主演的京剧电影《宝莲灯》

仙凡有爱心相倾，
云海仙宫伉俪情。
杨戬一来囚圣母，
桂英再组好家庭。
沉香举斧华山裂，
圣母感恩灵焰明。
天上人间多正道，
宝莲永照在冥冥。

当年懵懂未看明，
今日再看看不停。
音乐仿佛天籁发，
唱腔难得世间听。
女神艺术如登极，
全剧水平尽趋精。
敬业精神时代里，
梨园拍出《宝莲灯》。

（二○二一年五月十四日作）

● 初冬晨行包河公园

三十年前于此路，
初冬时节不知寒。
道旁跑者同青壮，
身上穿衣单裤衫。
今见人群多老迈，
所持步履似蹒跚。
枯荷零落数枝绿，
不畏冷风挺盎然。

又净又平青石路，
三三两两各匆匆。
乐声热舞大妈众，
太极健身人数穷。
草木经霜绿有异，
寒花过雨态从容。
碧波鸥鸟知清浊，
掠水得鱼抟入空。

岸堤乔木屏喧噪，
晨入公园爽意增。
鸟语啾啾如软语，

冬风习习亦和风。

绳牵爱犬生怜意，

手甩长鞭放响声。

三十年间事事变，

喜看此水又清澄。

（二〇二一年十一月九日至十三日作）

● 悼念父亲去世二十八周年

独立自强称伟岸，
一生劳苦少安闲。
豪情大力当青壮，
古道热肠连晚年。
永恨冠年忽叛逆，
难忘总角怙随欢。
未能奉养成长痛，
几度坟前泪不干。

父亲上学虽高小，
世理洞明文化增。
主事临场重有度，
救人于溺贵忘生。
生涯村长得拥戴，
厚德子孙长绍承。
最是伤心送别日，
山川天地共悲容。

（二〇二一年十二月四日至六日作）

● "喂鸟器"赞

包河多树，冬青、垂柳、水杉无数。
包河多鸟，喜鹊、麻雀、鹁鸪，
水面上更常有白鹭飞舞。

冬天来了，严冬乘雪踏冰而来，
鸟儿的厄运到了，鬼门关欲度无路；
饥寒交迫，冻饿而亡，
能够侥幸过冬的同伴四成不足。
鸟儿们年年都会经历失去大批同伴的痛苦。

从那一年开始，
树上安装了一个个"喂鸟器"，
里面有救命的食物，
无数的鸟儿得到了救助。
从此，虽然冬天依旧寒冷，
但数九寒天下大雪的日子失去了往昔夺命的严酷。

（二〇二一年十二月二十日作）

冬泳者赞

呵气成霜数九天，
看他击水我心寒。
动如蛙泳游姿美，
快若鱼翔意态酣。
"浪里白条"上岸后，
岸边玉树立人前。
人生强者事异众，
吾辈只能呵手观。

（二○二一年十二月二十八日作）

◆ 老年冬泳者赞

冬泳昔时多壮岁，
今惊白首搏漪澜。
翁夸力勇游速疾，
媪炫技高花式翻。
意志弥坚傲水冷，
体能矫健蔑风寒。
雪中红萼雪中柏，
数向人中称不凡。

（二〇二一年十二月三十一日作）

● 记手术住院

疾微疼痛深，
手术病除根。
医学有新技，
动刀无印痕。
去时阴雾重，
归来日晴新。
住院心安定，
治疗吾感恩。
大夫生妙手，
病室漾春温。
病灶既除净，
体康人有神。

（二〇二二年一月二十六日作）

● 悼念二姑

二姑恩德重，
我却报答贫。
看我千般重，
关心百事勤。
二姑人善美，
命舛少欢欣。
八一虽高寿，
晚年谁与亲？
姑爷撒手去，
孀寡倍艰辛。
我亦常忧念，
羁多难遂心。
从今成永诀，
悲极发哀音。

（二〇二二年三月四日作）

● 深夜梦醒，闻风雨声而作

千红百紫花争放，
蝶舞蜂忙春事深。
今夜狂风吹雨骤，
明朝晴日促芳芬。
华年已去怀畴昔，
忧患皆空观俗尘。
梦里未知身已老，
披蓑戴笠雨中人。

（二〇二二年三月二十八日作）

◆ 赠弟徐强

吾弟身高一八六，
读书硕士业专攻。
生涯教授广桃李，
领队手球多奖荣。
做事有成唯努力，
与人相善不谋同。
常思进取尤勤奋，
春满华枝绿正浓。

宅心仁厚承父德，
孝悌常怀称不凡。
驰骋赛场如大将，
久居沪市念家山。
羡君意气还中日，
叹我人生已暮年。
常棣之花热望切，
竿高百尺莫忘攀。

（二〇二二年六月二十三日至二十五日作）

◆ 连日高温有感

三九高温连四日，
热魔无处不疯狂。
明明晃晃初阳烈，
赫赫炎炎火伞张。
心念农家暑作苦，
更怜工地汗流长。
忽闻中暑人亡命，
焦土何时得雨凉？

（二〇二二年七月十五日作）

❖ 连日高温喜雨

似烤如蒸暑气盛,
心焦意躁汗淋漓。
凉风乍起烦疴散,
雷雨骤来温度低。
地面霎时流积水,
晴空望处现虹霓。
一钩新月蝉声咽,
多少空调未启机。

(二〇二二年七月十六日作)

看电视连续剧《彭德怀元帅》随感录（六首）

（一）千古英名彭元帅

将军开国大功臣，
元帅四期①唯一人。
黑夜如磐入中共，
平江是处有红根。
荣华既弃不回头，
革命几曾惜此身？
岳峙渊渟青史上，
光风霁月万言文。

出身穷苦人刚毅，
疾恶如仇恨不平。
似鼎如磐对危难，
出生入死向光明。
身经百战勋无数，
事历千桩人有情。

---

① 在中华人民共和国十大元帅中，参加土地革命战争、抗日战争、解放战争和抗美援朝战争这四个时期战争的只有彭德怀元帅一人。

赖有邓公①张正义，
乌霾散尽见天青。

有德可怀中肯言，
严于律己待人宽。
投身革命舍生死，
为党斗争忘苦甘。
抚养遗孤义气在，
履行许诺爱情专。
终生不搞特殊化，
浩气长存天地间。

（二）土地革命战争时期

何健大军围井冈②，
存亡之际勇担当。
长沙攻占鬼神助，
李德斗争生死忘③。
遵义再攻显本色，

---

① 一九七八年十二月，中共十一届三中全会纠正了过去对彭德怀同志所作的错误结论。时任中共中央副主席的邓小平同志亲自修改悼词，作出"国内和国际著名的军事家和政治家"的评价，并在追悼会上亲致悼词。

② 在该剧中，国民党围攻井冈山（第三次"围剿"），时任"剿总"副指挥的何健亲临前线指挥。对此，毛泽东、朱德率部分部队去赣南，而委派彭德怀率部分部队守井冈山。

③ 在该剧中，由于李德的多次错误指挥，红军伤亡巨大。对此，彭德怀当面怒斥李德，随后做好了坐牢、杀头的准备。

伤员同撤见肝肠。
长征一路赤心烈，
吴起西南好战场。

井冈防破势危急，
石火电光行断明。
一柄大刀出血路，
几回火线布神兵。
报答老伯知人品，
面别周磬见性情。
革命路途凶险恶，
个人得失一毛轻。

（三）抗日战争时期

仁马太行杀日寇，
万民瞩目向延安。
苦撑敌后多悲壮，
屡创倭儿奏凯旋。
首胜平关①破神话，
荡平阳堡②见蓝天。
艰难困苦脊梁在，

---

① 指平型关大捷。
② 指荡平日寇的阳明堡飞机场。

扬眉吐气看百团。

冈村宁次①豺狼性，
敌后军民苦斗争。
战斗死亡是处在，
杀烧抢掠每时生。
几番拼死突围路，
一意强攻关垴峰②。
万众欢腾胜利日，
未忘相约祭英雄。

（四）解放战争时期

内战硝烟冲天起，
蒋军廿万③逼延安。
英雄本色真金见，
西野④弱兵钢铁坚。
沙店⑤完胜战局转，
蟠龙大捷物资繁。

────────────

① 侵华日军战犯，百团大战后为侵华日军华北方面最高司令长官，指挥日军对八路军各抗日根据地进行残酷的"大扫荡"，并对华北地区实行烧光、杀光、抢光的"三光"政策。
② 指地处华北抗日根据地的关家垴，当时八路军唯一的兵工厂位于附近。
③ 胡宗南的大军实际上是二十五万。
④ 指西北野战兵团。
⑤ 指一战扭转西北战略局势的沙家店大捷。

临危请命几拼命，
保得中央如泰山。

西北战情山压顶，
军民苦撑一时间。
战机闪现若脱兔，
前线指挥如坂丸。
身系安危劳百虑，
事关成败理千端。
宝鸡之役稍有误，
沉痛检查胸次宽。

（五）抗美援朝战争时期

抗美援朝卫中国，
风尘仆仆跨征鞍。
入朝首战军威震，
杀敌缴俘捷报传。
麦克心浮骄气盛，
将军任重鬓毛斑。
止停追击无亡败，
料敌如神屡应言。

入朝连战获连胜，
赖有将军殚竭先。

焦虑后勤断供给，
忧怜战士受饥寒。
疲劳倦怠敌情变，
休整补充元气翻。
遥想同胞佳节①乐，
频传捷报庆新年。

李奇②诡谲虽奇计，
"魔道"终归属下乘。
但有神兵破敌虏，
岂容帝国逞凶能？
金城反击③获大胜，
援抗战争临尾声。
华夏人民志气振，
人民军队虎威生。
和平从此成主调，
国土至今无燹兵。
吾辈感恩应牢记，
前人热血筑长城。

---

① 抗美援朝第三次战役于一九五〇年十二月三十一日十七时打响。
② 指联合国军在朝鲜战场的第二任最高指挥官马修·邦克·李奇微。
③ 指金城反击战。

（六）和平时期

战罢归来又重任，
高瞻远瞩铸刀枪。
脱胎换骨旧体制，
费力劳心新国防。
专业人才效国力，
尖端武器射天狼。
将军依旧枕戈睡，
心系万机夜未央。

初入新居思先烈，
深情款款惜连连。
女兵裁减安置好，
干部定薪谋虑全。
万里海防心念念，
一身烟浪舰颠颠。
巍巍永立汗青上，
泪雨滂沱戊午年。

（二〇二二年八月二十八日至九月十六日作）

六、漫兴篇

◆ 早行偶遇

红日升腾光赫赫，
绿波荡漾水溶溶。
人生有志此时大，
景福罹于千苦中。

（二〇一一年九月十二日作）

120

想到退休（二首）

（一）

秋光人意相安闲，
风物流云独漫看。
人近退休当退心，
多求学问少求钱。

（二）

岂有机心顾路途？
漫无目的读诗书。
酒杯常满身常健，
管甚兴衰云卷舒。

（二〇一二年十月二十一日作）

121

◆ 人心难足

风花雪月年年有，
食住衣行事事丰。
唯有人心恨不足，
青山绿水也伤情。

（二〇一三年四月二十日作）

◆ 有 幸

昔年有幸跳农门，
一入华园天地新。
卅九春秋方梦醒，
吾身从此读书人。

（二〇一四年十月六日作）

◆ 冬日偶成

人生境遇随时异，
世事风云转眼殊。
曲曲当年《好了歌》，
千秋祸福本同途。

（二○一五年二月十九日作）

● 所见所闻咏

深更半夜如白昼，
万家歌舞见升平。
盛唐气象时时在，
莫向人前充"愤青"。

（二〇一六年四月二十日作）

◆ 悠然时光

满目青山天远大，
一壶浊酒兴悠长。
闲游网络看新事，
小小寰球人皆忙。

（二〇一六年四月二十三日作）

仰望浩空有思

沧海桑田多少年,
一从取火渐人烟。
天生孔李退长夜,
帝治蒸黎少白天。
过客无如新世界,
寒鸦但忆旧河山。
道通天地贯今古,
仰望浩空思渺然。

（二〇一六年四月二十七日作）

◆ 偶成（二首）

（一）

时有落花流水意，
亦怀疏雨淡烟情。
蓦然回首子身立，
犹恋西窗灯火明。

（二）

是非得失人人重，
利禄功名世世求。
三十年来勤奋勉，
宵衣旰食度春秋。

（二〇一七年四月二十五日至五月十二日作）

● 春景春情咏

好个一年春景天，
气淑日软物增妍。
东风含笑花伤酒，
微雨生情柳吐烟。
万物逢时竞向荣，
众生得势即思贪。
清风明月无人见，
幽草孤英常自怜。

（二〇一七年五月九日作）

◆ 春日杂感

春来无物不生机，
柳绿桃红莺哢啼。
雨过气淑风细细，
烟生水暖日迷迷。
世逢祥盛民多庆，
人过中年气转低。
才见花开即见落，
百年犹似一年期。

（二〇一九年四月三日作）

七、居闲自遣篇

◆ 春日咏

柳软风柔雨若无，
木新花重气尤淑。
祥云几朵添情趣，
春色满园如画图。
烟柳有情恒守信，
人心无状好驰突。
三春佳日悄然去，
红艳露芍添几株。

（二〇〇九年四月十九日作）

思维露珠（四首）

（一）

廿五年回首，
信知流光如过隙。
但见门寒依旧，
鬓发渐稀。
人独立，
无意春花秋月，
耕耘常奋蹄。
做得寂寞人，
留住清正气。

（二）

虽为名利累，
亦有生活需。
偶尔浪得虚名，
始终惶恐学力，
盆花忧根基。
身处俗流里，
常着旧时衣。

（三）

致富岂无心？
取财必有道。
年年月月匆匆，
勤劳不分昼宵。
蓬屋依旧四壁空，
单车堪比病马老。
知足人自乐，
岂只在温饱？

（四）

十月无凉意，
着短衫。
市声喧嚣，
人意急匆，
秩序凌乱。
物欲劲，
经济大潮搅动沉渣泛滥。
信息时代变化快，
寰球小，
污染急，
动荡难安。
风云瞬息异，
且莫守缺抱残。

慎终如始座右铭，
与时俱进是箴言。
浮生苦，
精神生活有桃源。
勿留恋，
世路茫茫直向前。
但远离伧俗，
求忘忧，
学孔颜。

（二〇一〇年十月作，二〇一九年十二月十一日修改）

无题（三首）

（一）

岁月悠悠风雨频，
人生俗事淡关心。
居家不逐世风劲，
为学应争朝暮勤。
旧事凄凉还入梦，
新诗俚俗少知音。
空将岁月对寒窗，
放眼芸芸吾不贫。

（二〇一〇年六月作）

（二）

惯于勤苦惯于学，
捷径于吾何有哉？
无病呻吟诗律乱，
有心奋发命途乖。
劳心劳力身犹健，
医脚医头事可哀。
由命由人流水去，
疏星淡月影徘徊。

（二〇一〇年六月作）

（三）

逐利求名应有度，
小人欲壑似深渊。
而今物质称丰富，
现代人生少淡闲。
环顾谁能真满足？
思量我得享安然。
人生知止能无殆，
愚者俗尘千虑牵。

（二〇二一年四月二十九日作）

◆ 秋日感怀

秋日天高万里晴，
山原如画水清清。
寒林雨后竞春秀，
归雁云中随意鸣。
明月清风岂有主？
丽山秀水最关情。
秋光亦与春光好，
注目西天一片红。

（二〇一三年十一月十五日作）

退休一年后作（二首）

（一）

于今人退职，
万事不关心。
风雨但无忧，
诗书看却贫。
渐离俗世远，
转与古贤亲。
晴日金秋好，
当珍一寸阴。

（二）

衣食能丰足，
无如白发何。
闲中行路少，
醉里乐情多。
木落秋风起，
日晴征雁过。
居闲心自适，
岁月更蹉跎。

（二〇一五年十二月作）

◈ 生事弥漫

柴米油盐酱醋茶，
琴棋书画酒诗花。
时光流逝无回路，
生事连绵似乱麻。
囊有小钱人足乐，
胸无点墨气何华。
此心欲向尘中远，
学失东隅爱日斜。

（二〇一五年十二月十七日作）

● 春日偶成

天涯芳草绿，
耳畔啼鸠鸣。
万物皆蓬勃，
群芳趋萎零。
春风易有梦，
岁月却无情。
庐小隔风雨，
吾身无事轻。

（二〇一六年三月二十六日作）

◆ 无题（二首）

（一）

开卷常能淡俗心，
交游但少网游①频。
风云多变看潮客，
衣食无忧养老金。
老去本应劳事少，
闲来犹是读书勤。
渐行渐远旧时事，
春去春回岁月新。

（二〇一六年五月十九日作）

（二）

午睡醒来人闷闷，
闲书漫读转昏昏。
沉思前事犹疑在，
怀想故人难觅寻。
有酒还堪拼一醉，
无花何必惜三春？

---

① 网络游戏，这里扩大其意，指在网络上浏览各种信息。

142

笃初诚美慎终贵，
唯勉唯勤常在心。

（二〇一七年五月二十八日作）

● 秋日漫兴（二首）

（一）

片云天远一孤舟，
归雁几行残照楼。
山果垂垂为我得，
粮困座座看人收。
浮生长恨德能薄，
行路频忧风雨稠。
遥望危峰思奋飞，
闻鸡时见月如钩。

（二）

抛却闲情做学童，
夙兴夜寐亦融融。
天光云影行书案，
泗水东风拂面容。
意态蒙眬微醉后，
风云动荡漫思中。
看人名利取无道，
我辈得来全不同。

（二〇一六年十一月二日至四日作）

◆ 饮　酒

饮酒醒来见月明，
此中意趣我心清。
人生若梦醒还醉，
世事如棋输又赢。
不畏乎天天命在，
但忠于事事功轻。
仰观唯见长空浩，
忽忆乾坤水上萍。

（二〇一八年三月十日作）

◆ 忧　思

此心何所属？
人海一孤舟。
常梦归途远，
亦无同道谋。
闻秋思岁晚，
罹病就医愁。
生事觉弥漫，
思来翻百忧。

（二〇一八年五月三日作）

● 岁月倏忽

岁月匆匆日月新，
等闲老我瘁劳身。
梦中才见春花盛，
眼下却看秋月亲。
世事洞明难处世，
人生得失不由人。
晚霞又伴残阳在，
不尽高楼滚滚尘。

（二〇一八年十一月十三日作）

失题（二首）

（一）

古人尽向尘中远，
我亦勤劳兼学文。
偶觉无由半日爽，
细思选用一词新。
闲来还欲三分醉，
老去需持一片真。
往事遥遥常历历，
故人相见恨难频。

（二〇一九年十月十八日作）

（二）

莫唱古人行路难，
世情世事理多偏。
杜陵忧国叹叔世，
彭总为民悲晚年。
自古英雄多恨事，
而今正义惩赃贪。
山河重整又春色，
陌上青青啼杜鹃。

（二〇二〇年六月十日作）

八、浮生漫忆篇

◈ 五十感怀

五十年华随水逝，
寻常犹作壮年驰。
常将肝胆向人尽，
实得炎凉唯己知。
但觉浮生识路晚，
欲求学问读书迟。
解除院职情才了，
又遇"非典"① 行虐时。

（二〇〇三年五月二十日作）

———————

① 传染性非典型肺炎，是一种因感染 SARS 冠状病毒而引起的呼吸系统传染性
疾病。

● 参加工作三十年有感

卅年工作半生去，
点检如今犹觉空。
行而兢兢求不咎，
事之勉勉得从容。
浮生随意唯温饱，
学习爱文兼理工。
坎壈几遭人健在，
庸庸碌碌亦人生。

（二○○九年五月十二日作）

● 六十感怀

六十实知时日速，
人生万事此时疏。
梦魂无绪年犹壮，
书案有情人不孤。
且对春花开醉眼，
不将老骥取长途。
存身世俗得温饱，
风雨如磐也梦呼。

（二〇一三年十二月五日作）

152

人生回忆（七首）

（一）身世

身世卑微无大志，
只求温饱出农门。
因时际遇入名校，
得此机缘成学人。
技术安身能"而立"，
诗书养性志于勤。
所行事事不逾矩，
风雨匆匆行至今。

（二）少年时光

少年诸事尽朦胧，
苦乐相生各不同。
乐在无忧玩尽兴，
苦于少食怕过冬。
读书有志苦劳作，
劳动无涯望年丰。
夏日看云雷雨后，
元春玩火野田中。
中秋月饼味犹在，
春节欢情难再重。

村傍西河炎夏短，
院含榴杏诱人红。
父慈母爱贫犹乐，
里睦邻亲朴且融。
动乱忽来宁静去，
吾心渐与外界通。

（三） 工作生涯

方将工作热情盛，
三十六年恒守持。
凡事向前成习惯，
因勤而乐岂虚词？
尊师敬长常多礼，
以室为家非一时。
初涉课题曾立项，
所需经费出于私。
夙兴夜寐空闲少，
暑往寒来出颖迟。
检测专心生惧畏，
研究立意有新思。
书文不断常听赞，
技术相传广有知。
一路走来人老境，
闭心自慎学书诗。

（四）学书法

少时常有学书梦，

到得中年情又滋。

曩岁有心求入木，

至今无日不临池。

腕酸眼涩不知苦，

寝废食忘亦有时。

既学醴泉化度帖，

又临蜀素《拜中》诗①。

伤心举笔腕生鬼，

转眼凝神帖作师。

楷体渐生欧面目，

行书还少米容姿。

薄今厚古法之善，

养性修身书者资。

学有得时人自乐，

不需耿耿学书迟。

（五）读书

我心念念爱文科，

既入错门能若何？

闲暇补之习以勤，

---

① 指米芾的《拜中岳命作》诗帖，泛指米芾的行书字帖。

空囊如也学其多。
学文学史人生惠，
诵赋诵诗心有歌。
眼见秋风悲落叶，
身临喜宴思伐柯。
金戈铁马老关塞，
秋月春风鸣玉珂。
大道无名生万物，
圣贤有志逐风波。
人生百事书中有，
世事无常诗里多。
学即日常中有乐，
莫教岁月易蹉跎。

（六）学英文

我从大学学英文，
数载苦功方入门。
资料内容堪顺读，
文章细节足区斟。
皕篇译稿得刊用，
多种业因难数分。
人皆趋时能苦学，
至于用者是谁人？

（七）退休

从此身于职业外，
欣然领取退休金。
形神有乐且随意，
衣食无忧少费心。
回顾浮生更信命，
顾怀往事不由人。
一心进取谋工作，
无日悠闲尽出勤。
碌碌庸庸烦琐事，
平平淡淡寂寥人。
光阴冉冉斑斑鬓，
岁月忽忽薄薄薪。
一路风尘人未歇，
满腔热望志犹存。
如烟往事如烟散，
似水流年似水新。
命运叹嗟无补益，
俗尘追逐虚度阴。
古贤迟暮心犹壮，
意气还堪作一拼。

（二〇一五年二月至四月作）

● 感　怀

少学之年多苦累，
浮生勉勉读书勤。
日过正午芳林暗，
人在旅途鸿雁亲。
余热发光比尘粒，
愚公挥汗有童心。
如今优裕当珍惜，
寸草春晖知感恩。

（二〇一七年五月十九日作）

◆ 忆少时过春节

早岁家贫春节乐，
至今常忆过年时。
情亲自有欣融夜，
岁庆长多吉祷词。
话语温温来往睦，
天光速速得归迟。
如今物质大丰富，
旧日年氛常梦思。

（二○一八年一月十二日作）

◉ 四十三年（二首）

（一）

四十三年风雨稠，
自营陋室亦悠悠。
几经变故友朋远，
一往情深层次谋。
兰芷为邻心爽畅，
诗书做伴梦优游。
渐行渐觉心宁静，
不学杞人忧白头。

（二）

四十三年如电抹①，
春风秋月等闲看。
孤灯常亮三更后，
成果出于双手间。
技术授传多有道，
文章发表不需钱。
年华未觉成虚度，
回首忽然鬓发斑。

（二〇一八年十月十五日作）

---

① 借用苏东坡语。

静思得诗（六首）

（一）

潇潇冷雨隔窗看，
夜半无眠思绪翻。
昔日是非早过去，
旧时爱恨惜从前。
时来未负天心许，
运去惯看人性奸。
欲尽孝时严不在，
枉持泪眼责前愆。

（二）

年华亹亹芸芸路，
岁月匆匆踽踽行。
奋斗曾经常奋斗，
平庸依旧是平庸。
羡看呢喃燕子，
自由自在来去。
相对春花夏雨，
一样安闲从容。

（三）

许多事，如过眼云烟，
消散后再无踪影。
一些人，匆匆别后，
曾又相逢于梦境。
有的情，本放在心底深处，
还屡被梦魂牵萦。
有不平，有伤怀，
在何处说，
向谁人倾？
庆幸，庆幸于不富不贵，
不贫不贱，一身干净。
侥幸，侥幸于当年貌不扬，
财不盈，未得钟情。
有自责，自责过去的年轻气盛，
几分懵懂。
有反省，反省曾经的误交不良，
亦欠人情。

（四）

春风不管鬓边白，
岁岁懒看新柳青。
秋月岂知心里事？
年年空见醉颜红。

梦醒黄黍痴心在，
雕眄青云睡眼睁。
自古龙泉夸断割，
千磨百炼出青锋。

（五）

无聊时，客来后，
草草几杯浊酒。
且忘身外烦扰事，
暂解心头郁结愁。
人退休，年老境，
喜得衣食无忧。
细细安排来日事，
莫让岁月等闲流。
练书法，学诗词，
青灯有味在白头。

（六）

是事无可无不可，
前程且行且徐行。
三年时日岂堪计？
起舞三更求一鸣。

（二○二○年三月三日至五日作）

◆ 二〇二一年元旦作

夕阳西下几推迁，
逝者如斯岁又添。
事历百千明黑白，
人过六七少波澜。
经年局促蓬门内，
镇日流连电脑前。
岁月蹉跎心耿耿，
光阴荏苒鬓斑斑。
几曾懈怠作闲客，
难得逍遥乘旅船。
求不动心衣食足，
不堪一用享悠然。

（二〇二一年一月一日作）

九、学书杂咏

◆ 学书偶得（二首）

（一）

闻言有字费工夫，
千遍方知言实符。
千遍不行再万遍，
手心相应字能殊。

（二）

启公久逝朴公远，
热闹书坛如武坛。
衮衮诸公聒噪多，
可怜笔墨不争先。

（二○○九年二月作）

率更四碑赞（五首）

（一）《九成宫碑》

铁画银钩法度在，
剑戈王气字行看。
通篇不苟细微到，
疏朗森严为大观。

（二）《化度寺碑》

内涵丰蕴冠今古，
形体均匀神气娇。
欲学欧书求俊美，
应摹化度到纤毫。

（三）《虞恭公碑》

昔闻欧楷夸刚劲，
今见虞恭多婉和。
疏朗方圆无懈笔，
中庸相誉不为过。

（四）《皇甫诞碑》

皇甫乍看怜细瘦，
法书再味叹通神。
毫端自有千钧力，
笔画纤纤定海针。

（五）四碑赞

欧公笔健人书老，
风貌异同全妙玄。
四帖法书留后世，
千秋洪范耀人间。

（二〇一二年七月至八月作）

168

学书有悟（二首）

（一）

怀素学书卅年苦，
伯英洗笔满塘污。
创新不是妄谈事。
师古苦功方正途。

（二）

书无定法是真谛，
至者随心为法书。
我辈凡夫莫妄从，
亦趋亦步法之途。

（二〇一八年一月十四日至十六日作）

169

十、微信群点赞诗

◆ 题赞组图《偕子挖春笋》

今挖之笋尖尖角，
自是山林风物新。
美味鲜时入酒宴，
寸心生处思凌云。

（二○二○年三月十日作）

● 题赞组图《桃花·蝴蝶》

王母园中春意闹，
穿花嬉戏有精灵。
桃夭灼灼思人面，
彩蝶娥娥念祝英。
花笑东风争热烈，
蝶夸粉黛舞轻盈。
才疏难状蝶花貌，
不似画图光彩明。

（二〇二〇年二月十七日作）

● 题赞组图《红草莓》

数簇芳英绕莓放，
秀心别出画图间。
好花好果堪吟颂，
占尽人间四月天。

（二〇二〇年四月十五日作）

● 题赞组图《杨梅酒》

寒霜冻雪盛开处，
苦雨终风将熟时。
尽道芳醪醇味厚，
个中辛苦有谁知？

（二〇二〇年四月十六日作）

◈ 题赞短视频《别墅区》

看似田园风物美，
却疑仙境眼前明。
亭亭楼墅对花树，
习习东风传笑声。

（二〇二〇年四月十八日作）

● 题赞组图《游鱼戏莲》

一汪清水出芙蓉，
似觉荷香泽殿风。
菡萏娉婷仙子醉，
绿波微漾戏鱼红。
匠心独具画图美，
暑意顿消尘事轻。
微信传情千里外，
如闻馨欬思君容。

（二〇二〇年八月二十五日作）

● 题赞徐玲芳同学诗朗诵《送给老师的歌》

幽谷流泉听诵声，
纶音入耳沐春风。
感人读到深情处，
桃李芬芳照眼明。

（二〇二〇年十月三十日作）